¡ FIERAS FEROCES !

Para Tristan, Rhys y Stefan

Título original: Ferocious Wild Beasts!
© Chris Wormell, 2009
Con el acuerdo de Random House Children's Books, 61-63 Uxbridge Road,
Londres W5 5SA (Gran Bretaña)
© EDITORIAL JUVENTUD, S. A., 2010
Provença, 101 - 08029 Barcelona
info@editorialjuventud.es
www.editorialjuventud.es

Traducción de Raquel Solà
Primera edición, 2010
ISBN 978-84-261-3792-0
Depósito legal B. 466-2010
Núm. de edición de E. J.: 12.261

Printed in Singapore

¡ FIERAS FEROCES !

Chris Wormell

editorial juventud
Barcelona

Un día,
un oso estaba paseando por el bosque...

y se encontró a un niño,
sentado en un tocón de árbol,
que parecía preocupado.

–¿Qué te sucede? –preguntó el oso.

–Me he perdido y tengo un problema terrible –gimoteó el niño.

–¡Vaya! ¿Y eso por qué? –se interesó el oso.

–Porque mi mamá me ha dicho que nunca jamás entre en el bosque, pero lo he hecho ¡y ahora me he perdido! –dijo el niño.

   –¡No te preocupes! ¡Enseguida te enseñaré la salida! El bosque
no es tan malo, ya verás –dijo el oso riendo.
   –¡Sí lo es! –afirmó el niño–. ¡Mamá dice que el bosque está
lleno de fieras feroces!

–¡No me digas! ¿De veras? ¿Y cómo son? –preguntó el oso.

–Son todas peludas, se ocultan en la oscuridad y ¡luego se lanzan sobre ti para comerte de un bocado! –aseguró el niño.

–¡Anda! Y... ¿también comen osos? –preguntó nervioso el oso.

–¡Pues claro! ¡Se lo zampan todo! –respondió el niño.

El oso escudriñó temeroso las sombras que había entre los árboles.

–Creo que será mejor que nos vayamos –dijo.

No habían caminado mucho cuando encontraron a
un elefante merendando.

–¿Queréis un plátano? –preguntó el elefante.

—Será mejor que te andes con cuidado, elefante.
¡Este niño me ha contado que hay fieras feroces sueltas
por el bosque! —avisó el oso.

—¡Qué horror! —exclamó el elefante, dejando caer su plátano.
¿Y son muy salvajes?

–¡Son las fieras más salvajes del mundo! ¡Son TAN grandes que pueden pisarte y aplastarte así de fácil! –explicó el niño.

–¡Caramba! Pero... ¿también pueden aplastar a un elefante?

–¡En un plis-plas! –contestó el niño.

–¡Recórcholis! –se asustó el elefante–.
¿Os importa que venga con vosotros?
Y pronto los tres avanzaban por el bosque con cuidado.

No mucho después, encontraron a un león tomando el sol en una roca.

–¡Quedaos a tomar el sol! –dijo el león moviendo perezosamente la cola.

–¡Será mejor que no! ¿No sabes que hay fieras feroces por aquí? –le dijo el oso.

–¿De veras? –tragó saliva el león–. ¿Y son muy feroces?

–Son las más feroces de todas: ¡tienen garras afiladas y grandes dientes y te pueden arrancar la cabeza en un plis-plas! –afirmó el niño.

–¡No me digas! –chilló el león–. Pero no pueden hacerle esto a un león, ¿verdad?

–Creo que lo que más
les gusta es comer leones
–respondió el niño.

–¡Oh, socorro! –gimoteó el león,
con todos los pelos de su melena de
punta–. ¿No os importa que venga
con vosotros, verdad?

Así que siguieron avanzando de puntillas por el bosque.
Y pronto encontraron a un cocodrilo...

Y a un lobo...

Y a una pitón.

Poco a poco fue anocheciendo.
—Por la noche es cuando las fieras feroces salen a cazar
—dijo bajito el niño.

Y justo entonces escucharon un ruido...
como el sonido de los fuertes pasos que hace una
fiera terrible caminando entre la maleza.

Entonces, vieron el destello de una luz oscilando entre los troncos
de los árboles como un gran ojo brillante...

Y luego escucharon un rugido salvaje que resonó por todo el bosque...

¡Todos echaron a correr pies para que os quiero!

Bueno, excepto el niño, que era el más valiente
de todos. Avanzó con precaución
y vio que no era una fiera feroz:
era algo mucho peor...

¡Era una mamá feroz!

–¡Juan! ¡Juan! –rugió–.
¿Dónde te has metido?

–¡Ah, estás aquí! –suspiró–.
¿No te he dicho mil veces que nunca
te adentres en el bosque? ¿No te he dicho
que está lleno de fieras feroces?

—Pero, mami, yo no he visto ninguna
fiera feroz —protestó Juan.